Oplepo

Chimere
Esercizi finzionari

Biblioteca Oplepiana

N. 26

ISBN: 9788893641661 (libro) – 9788893642019 (ebook)

Chimere
Esercizi finzionari
a cura di Oplepo, piazza dei Martiri, 30 – 80121 Napoli (Italia)
Prima edizione: 2005

Ristampa: giugno 2018

Cura redazionale di Eleonora Galloni

 http://www.inriga.it

 info@inriga.it

 https://it-it.facebook.com/inrigaedizioni/

 https://twitter.com/inrigaedizioni

 https://www.linkedin.com/company/in-riga-edizioni-e-literary-agency

Il principio della chimera, animale mitologico frutto di un mostruoso assemblaggio al pari dell'ircocervo e di altre creature immaginarie, «sembra potersi trasporre, in più modi diversi, nelle strutture letterarie», sosteneva François Le Lionnais nella sezione de *La littérature potentielle* (1973) dedicata alle manipolazioni lessicografiche, sintattiche o prosodiche.

Sensibili allo spunto dell'ingegnere e scacchista oulipiano, e cioè che la chimera, emblema dell'ibrido e dell'ambiguità disarmonica, bene si presti alla suggestione di esperimenti letterari (specie di letteratura combinatoria), gli Oplepiani hanno raccolto la sfida e messo mano alle loro chimeriche trasposizioni, imboccando sentieri difformi, inseguendo personali variazioni sul tema.

Che poi il *chimerico*, in senso figurato, s'intrecci e rimandi a termini come 'illusorio', 'fantastico', è feconda parentela semantica che ci invita a riflettere una volta di più sul fatto che «tutta la letteratura è essenzialmente fantastica [chimerica] – per dirla con Borges – perché il lettore sa che quello che gli viene raccontato è finzione».

In questo spirito è maturata la nostra piccola silloge di esercizi "finzionari".

Anna Busetto Vicari

La Chimera Incapricciata

ossia testo mostruoso sull'amore per le donne.

Rimasto solo al mio tavolo pensai: – non la rivedrò mai più! – e questo pensiero, invece di spaventarmi com'avrebbe dovuto, almeno a giudicare dal perentorio «mai più» del suo finale, mi procurò un grande senso di alleggerimento psichico… Qualche tempo dopo, invece la rividi e fu di nuovo un incontro burrascoso. (1)

E adesso amore saltami in groppa!
Una buona cavalcata finalmente! (2)

Io sull'amore non sono in grado di teorizzare, anche perché, intanto, quando mi succede, poi vado nel pallone come tutti: in queste cose, la logica è di poco aiuto (quasi sempre, per fortuna, ma non sempre). (3)

Oh portami, in questa nebbia!
Il mattino, ancora, si allarga! (4)

Era una donna piuttosto grande come tutto, fisicamente. …Io non so che cosa mi piacesse di quella vaporiera, allora. Forse è perché io non me ne intendo di donne e di queste faccende di fare l'amore…

Io credo che il principio fosse comunque quello della caldaia a vapore, perché entrava in pressione e cresceva di temperatura, e allora io ero un povero stantuffo nelle sue mani. (5)

Divertiamoci un poco! Fischia,
oh galoppa! scuotimi
(e non farmi cadere!). (6)

Brunella Eruli

La chimera di Spoon River

Non son chi fui.

Nel mezzo del cammin,
solo e pensoso,
mi ritrovai su un ermo colle.

In duplice filare, alti e stretti,
i cipressi e il rosso melograno
di lontan rivelavano sereno
quel ciel di Lombardia
così bello quando è bello.

Lucean le stelle.
Placida era la notte, e senza vento.

Soli eravamo e senz'alcun sospetto.

Udii le galline far festa.
Greggi belar, muggir armenti.
Ascoltai tra i pini e gli sterpi
schiocchi di merli, fruscii di serpi.

D'in su la vetta della torre antica
si udì uno sparo
che rimbomba lontan di villa in villa

Zang tumb tumb
Zang tumb tumb
Zang tumb tumb

Zang
Tumb
Tumb

Caddi come corpo morto cade.
E il modo ancor m'offende.

Domenico D'Oria

Kimerik polito-logico

Uscendo dalla Camera, ci si diresse verso la macchina per andare a Chiusi e partecipare al convegno *Esame della manovra* finalizzato a favorire la nascita di un nuovo soggetto politico, mentre l'Oplepo si recava a Padova e a Mantova per Mantegna.

La macchina si rifiutò di partire; si approfittò allora dei "ludobus" che si recavano al loro annuale congresso.

Erano arrivati anche Tommaso Padoa da Latina, Bonino da Torino e Mastella da Aversa. Mancava il Premier Romano.

All'ultimo momento giunse il Cardinal Bertone.

Prende la parola D'Alema: «Signori, occorre un nuovo modello e guardare i nuovi tributi non con sospetto e paura, ma con grazia e sorriso. La valenza e lo spessore di questa partita ci farà superare i giochi e i misteri del precedente governo».

Ai sindaci: «Con il vostro consenso costruiremo una nuova area politica e realizzeremo un moderno progetto».

Elena Addòmine

Chimere shakespeariane

CLV

Unthrifty loveliness, why dost thou spend
Dost hold Time's fickle glass, his sickle, hour,
Eat up thy charge? is this thy body's end?
Nor think the bitterness of absence sour.

Divert strong minds to the course of altering things,
Or made them swear against the thing they see
Creep in 'twixt vows and change decrees of kings:
Him have I lost; thou hast both him and me.

Even so my sun one early morn did shine
Receiving nought by elements so slow,
And for myself mine own worth do define,
Give not a windy night a rainy morrow.

I have seen roses damask'd, red and white,
O, blame me not, if I no more can write!

CLVI

No, I am that I am, and they that level
Myself corrupting, salving thy amiss,
I may be straight, though they themselves be bevel;
Give them thy fingers, me thy lips to kiss.

Among a number one is reckon'd none:
Suspect I may, but not directly tell
To any sensual feast with thee alone:
I guess one angel in another's hell.

Great princes' favourites their fair leaves spread
And only herald to the gaudy spring
Where time and outward form would show it dead:
An eye more bright than theirs, less false in rolling

Plods dully on, to bear that weight in me,
Even in the eyes of all posterity.

CLXXXI

Excuse not silence so; for't lies in thee
Since, spite of him, I'll live in this poor rhyme,
Upon thyself thy beauty's legacy
Compare them with the bettering of the time.

O, never say that I was false of heart,
Nor draw no lines there with thine antique pen;
Save where thou art not, though I feel thou art:
Is it thy will thy image should keep open?

Give warning to the world that I am fled,
Looking with pretty ruth upon my pain,
I send them back again and straight grow sad,
Only my plague thus far I count my gain.

In true plain words by thy true-telling friend:
Now all is done, have what shall have no end.

CLXXXII

O' let me, true in love, but truly write,
Not wondering at the present nor the past,
The perfect ceremony of love's rite,
Each trifle under truest bars to thrust.

Not that the summer is less pleasant now:
Even of five hundred courses of the sun,
With all triumphant splendor on my brow,
Ay, fill it full with wills, and my will one.

As subject to Time's love or to Time's hate,
Make glad and sorry seasons as thou fleets;
Eternal numbers to outlive long date,
No love toward others in that bosom sits.

Then give me welcome, next my heaven the best,
Even to thy pure and most most loving breast.

Edoardo Sanguineti
Sonetto della Chimera

che cobra, corna, capre chimeroidi,
horror hollywoodiani hyperhysterici,
incerti incastri, incestacci infraomerici,
mattoidi mucche, mostri maialoidi!

Ecco équidi eccitati, estri extraserici,
ratti, rinocerontici rospoidi,
amebe asfittiche, aspidi arciiberici:

chiappe clitoridee, cazzi collerici,
hamster, hunky hawaiani harachiroidi,
iene, istrici, ippogrifi ircocervoidi,
mammelluti mosconi mctamerici!

ex elefanti, ecco, eterotermoidi,
razze roventi, rombi rotosferici,
are aptere, aquilotti atmosferoidi:

Giorgio Weiss

Percorsi per-versi d'una chimera

Quand'era chiara e viva la memoria
dimentichi mai s'era d'una storia
che ai nostri giorni appare misteriosa
e chiusa al molto intender d'ogni cosa.

Era allor che vivea la meraviglia
e gli occhi emergean dalla boscaglia
chiamati a una visione millenaria
composta di alambicchi e merce varia.

Basilischi, megere, mostri e maghi,
chilopodi giganti, làmie e draghi,
cavalli alati e chiome serpeggianti,
alchimïe antropomorfeggianti.

Chi era mera leggenda or è umano
sol la chimera resta un sogno vano.

C'è chi ancor canta per ogni emergenza,
chi su due ruote mena l'irruenza,
c'è chi primeggia nei quiz culturali,
chi muore e poi rinasce negli annali.

Chi di Minerva suscitò grand'ira
ora bruciacchia chi per mare gira,
tuttor si chiama cerbero un guardiano,
chi fu Megera ora non l'è invano.

Chi era mera leggenda or è umano
sol la chimera resta un sogno vano.

Chiaramente farà bella figura
Chi esclamerà: "è un mostro di bravura!"

Ermanno Cavazzoni

Manghiscoli

Quel ramo del lago di Como o d'altra oppilazion che lega l'omo (e non odora l'aia tua d'amomo), che volge a mezzogiorno, si specchia, quasi per vedersi addorno (non t'amo… Ricordi quel giorno?) tra due catene non interrotte di monti, come che di ciò pianga o che n'aonti (tra gli aspri urli, i lunghi racconti), tutto a seni e a golfi, a seconda dello sporgere e del rientrare di quelli, posponendo il piacer de li occhi belli (di gente e di monelli), vien, quasi a un tratto, a ristringersi e a prender corso e figura di fiume che non può trovar posa in su le piume (la sveglia d'un querulo implume), tra un promontorio a destra, e un'ampia costiera dall'altra parte, sì come mostra esperienza e arte (io stavo lì da parte); e il ponte, che ivi congiunge le due rive, di tal fiumana uscìan faville vive (è ciò che a noi sorvive), par che renda ancor più sensibile all'occhio questa trasformazione, l'ora del tempo e la dolce stagione (di cincia era un'ampia canzone), e segni il punto in cui il lago cessa sì come l'onda che fugge e s'appressa ("mai più!" Così dice sommessa) e l'Adda ricomincia, per ripigliar poi nome di lago tr'ambo le ruote, e vidi uscirne un drago (soletto su l'orlo di un lago) dove le rive, allontanandosi di nuovo, ma per quella virtù per cu'io movo (con palpito nuovo), lascian l'acqua distendersi e rallentarsi prima che possa tutta in sé mutarsi (la lagrima vile a versarsi) in nuovi golfi e in nuovi seni, Beatrice mi guardò con gli occhi pieni (per chi dunque sei fatto e dove meni?).

Testo pluridiscorsivo e meta-metafisico, e mostruosamente chimerico; dove tre fili di pensieri convivono come se fossero un unico flusso pensante (il primo coincide parola per parola con l'inizio dei celebri *Promessi Sposi* di Alessandro Manzoni, il secondo sono versi celeberrimi di Dante Alighieri dalla sua *Divina Commedia*, e il terzo versi mediamente brevi, in genere di nove sillabe o meno, dalle *Poesie* del mai abbastanza lodato Giovanni Pascoli).

Nell'insieme se ne evince che un tale (l'autore) ha amato una certa Beatrice, in una località situata sul lago di Como; e descrivendo la geografia della sponda meridionale del lago (là dove il lago si getta nel fiume Adda ed erano imperversati i loro amori) gli sembra di descrivere gli stati del suo animo (le oppilazioni, cioè le sue sentimentali ostruzioni) come facessero eco al paesaggio, per via anche della rima che produce un continuo commento (secondo strato). La quale rima gli porta poi, in terza istanza, immagini vive della sua storia d'amore (messa qui tra parentesi), immagini del giorno in cui sul lago di Como confessò di non amarla più quella sua Beatrice, perché poco esotica e piuttosto prosaica (senza il profumo del cardamomo); quando le disse "non t'amo", tra un via vai di gente, tra il canto degli uccelli autoctoni, mentre una cinciallegra sembrava ripetere loro "mai più!". Nonostante il via vai, l'autore se ne stava ritirato da parte, e soffriva a tal punto che dal fiume parevano scaturire faville (ed è ciò che sopravvivrà nel ricordo, per sempre); poi un palpito (e dal fiume pareva sporgessero le fauci voraci di un drago), una lacrima di lei, di Beatrice, che piangendo gli ripeteva: "non eri fatto per me, probabilmente, guarda a che punto m'hai condotta!" (e l'acqua intanto rallentava e si mutava, forse in acqua morta, l'autore non lo dice, ma s'intuisce).

Similmente alla Chimera d'Arezzo, testa e corpo del leone sono come il suo animo, che ruggisce con la voce dell'Alighieri, la testa di capra agreste è tutta nella visione paesistica dell'Alessandro Manzoni; e infine quei ricordi che gli avvelenano la mente con le parole di Giovanni Pascoli sono come la coda postrema e dolente di un serpeggiante serpente.

Si noti che il tutto è un'unica frase mostruosamente aggrovigliata e lunga, come un mitologico flusso vorace.

Il testo chimerico mostrato nelle sue tre componenti genetiche.

Man

  ghi

   scoli

Quel ramo del lago di Como,
      o d'altra oppilazion che lega l'omo
         (e non odora l'aia tua d'amomo),
che volge a mezzogiorno,
      si specchia, quasi per vedersi addorno
         (non t'amo… Ricordi quel giorno?)
tra due catene non interrotte di monti,
      come che di ciò pianga o che n'aonti
         (tra gli aspri urli, i lunghi racconti),
tutto a seni e a golfi, a seconda dello sporgere e del rientrare di quelli,
      posponendo il piacer de li occhi belli
         (di gente e di monelli),
vien, quasi a un tratto, a ristringersi, e a prender corso e figura di fiume,
      che non può trovar posa in su le piume
         (la sveglia d'un querulo implume),
tra un promontorio a destra, e un'ampia costiera dall'altra parte
      si come mostra esperienza e arte
         (io stavo lì da parte);
e il ponte, che ivi congiunge le due rive,
      di tal fiumana uscian faville vive
         (è ciò che a noi sorvive),
par che renda ancor più sensibile all'occhio questa trasformazione,
      l'ora del tempo e la dolce stagione
         (di cincia era un'ampia canzone),
e segni il punto in cui il lago cessa,
      si come l'onda che fugge e s'appressa
         ("mai più!" Così dice sommessa)
e l'Adda ricomincia, per ripigliar poi nome di lago
      tr'ambo le ruote, e vidi uscirne un drago
         (soletto su l'orlo di un lago)
dove le rive, allontanandosi di nuovo,
      ma per quella virtù per cu'io movo
         (con palpito nuovo),
lascian l'acqua distendersi e rallentarsi
      prima che possa tutta in sé mutarsi
         (la lagrima vile a versarsi)
in nuovi golfi e in nuovi seni,
      Beatrice mi guardò con gli occhi pieni
         (per chi dunque sei fatto e dove meni?).

Giuseppe Varaldo
Chimere

Sogno la femmina liliale, onesta,
il cui sguardo ceruleo, neutro e acquoso
non mostri fiele o nembi di tempesta,
e il cui amor leale o neghittoso
non sia un aculeo netto che poi resta
piantato nella carne e tormentoso:
come la madre, pura più del cielo,
del Galileo nel libro del Vangelo.

Voglio l'amica pratica di mondo,
con dischi rari e vini doc a pranzo,
che ammiri Mosca, Praga e di Macondo
sappia che è solo il luogo di un romanzo:
la classica pragmatica di fondo,
ma che con voce *ad hoc* apra al suo ganzo
l'anima e il cuore, e che con occhio fino
riconosca Prassitele o il Guercino.

Bramo te, la più *sexy* fra le etère,
che ignori il *fiscal-drag* o gli *hezbollah*,
ma non della mandragola il potere:
Fedra golosa d'orge e voluttà,
bella puledra gonfia di piacere
e traboccante di sensualità.
Chi nuda ti godrà, Godyva mia,
o ti vedrà goder, beato sia!

Maria Sebregondi

Tradurre, una chimera?
PER-QUE-NEAU!

Chimera filologica spinosa
Quando la traduzione l'irretì
Il desiderio ora due lingue sposa
Ma nell'amplesso tutto si tradì

Centomilamiliardi alla rinfusa
Fettuccine di carta in rêverie
Centoquaranta versi fanno presa
Come s'incolla il riso del supplì

Gorgheggia la chimera un po' cornacchia
I versi nella gabbia fan canizza
Trema il diktat dell'alta fedeltà

Si rotola ridendo sul sofà
Saltella fra una rima e una putizza
Centomilamiliardi che gran pacchia

Paolo Albani

Mi illudo

*La chimera
è quella cosa non vera
impalpabile come un'ombra di sera
un'idea illusoria
che lascia in memoria
una scoria irrisoria.*

Incarrighiana di anonimo del xxi secolo

Mi illudo che basti chiudere gli occhi e concentrarsi intensamente
su un oggetto per farlo sparire, come quand'ero bambino.

***

Mi illudo che un giorno i marziani infiltrati fra noi
si faranno riconoscere.

***

Mi illudo ci siano ancora parole nell'universo linguistico
che comunicano senza dare troppo peso al loro significato.

***

Mi illudo che l'alternarsi del giorno e della notte
risponda a un disegno sovraumano imponderabile, e non schizofrenico.

***

Mi illudo che a una certa età si finisca per avvertire quale sollievo
derivi dal sentirsi ferocemente irresponsabili e contraddittori.

***

Mi illudo sia finito il tempo in cui ci si arrovella
a cercare per forza una soluzione in ogni gioco.

***

Mi illudo che alla fine, vista la piega che hanno preso le cose,
prevalga il buon senso.

***

Mi illudo che i poeti non si accontentino più di fare i soliti versi.

***

Mi illudo che con il passare degli anni vengano meno
i falsi amici e i seccatori.

***

«Mi illudo e dunque sono»,
come direbbe quel metodico filosofo francese, oppure no?

Raffaele Aragona

Chimere napoletane

$S\ [S_A\,A_C\,V_O]$

> E adesso, càvolo, sono in pensiero.
> Un grande incontro, finalmente!
> Oh, teorizzare in quel senso!
> Il tempo ancora si succede!
> Andiamo un poco! Vado,
> oh, succède! Succede
> (ma non andar teorizzando!).

$S\ [S_A\,A_O\,V_C]$

> E adesso, càvolo, sarò in tempo!
> Questo incontro, finalmente!
> Oh, entriamo in questo finale!
> Il pensiero ancor cresce!
> Entriamoci un poco! Mi piaci,
> oh, credimi! Mi piaci
> (e non farmelo credere).

$S\ [S_C\,A_A\,V_O]$

> E adesso, donna, vieni in casa!
> Una sola faccenda, finalmente!
> Oh, me ne vado in grande pressione!
> L'amor ancor si teorizza!
> Andiamocene un poco! Andiamo,
> oh succede! mi succede
> (e questo non è teorizzare!).

S [$S_C A_O V_A$]

E adesso, pensai, rimango in casa!
Un poco, amore, finalmente!
Oh, giudicami, in queste faccende!
L'amore ancor si rivedrà!
Giudichiamo un poco! Rimani,
oh rimani! Giudicami
(ma non devi spaventarmi!).

S [$S_O A_A V_C$]

E adesso, amore, sono in grado.
Un aiuto psichico, finalmente!
Oh, entro in burrascosa fortuna!
La logica ancor cresce!
Cresce poco? Credo,
oh che piacere! Lo so
(ma non lo faccio intendere!).

[$S_O A_C V_A$]

E adesso, amore, tu mi procuri aiuto!
Una grande fortuna, finalmente!
Oh, pensai, in una povera logica:
la fortuna ancor si rivedrà!
Mi spaventa un poco! Tu rimani,
oh, rimani! Mi avrai
(ma non dovrai giudicarmi!).

Sal Kierkia

*I cosi così
o le chimere "secundum quid"*

Era così alto che per grattarsi in testa doveva inginocchiarsi.
Era così basso che per ira si mordeva le dita dei piedi.

Era così stupido che neppure si accorgeva di esserlo.
Era così acuto che neppure lui riusciva a capirsi.

Era così ingenuo che credeva all'al-di-qua.
Era così furbo che mai perdeva una delle sue cotte.

Era così grasso che per toccarsi l'ombelico doveva fare tre giri su se
                                          [stesso.
Era così magro che da nudo era invisibile.

Era così pesante che per mettersi in piedi si serviva di una gru.
Era così leggero che un suo proprio peto lo faceva volar via a razzo.

Era così tollerante che tollerava persino gli intolleranti.
Era così intollerante che non sopportava neppure se stesso.

Era così lesto a parlare che gli nascevano prima le parole in bocca che
                                         [i pensieri in testa.
Era così restio a parlare che mancava sempre di parola.

Era così contento che ogni giorno per lui era Pasqua.
Era così triste che sembrava un ramo di salice piangente.

Era così veloce che arrivava prima di partire.
Era così lento che restava sempre allo stesso posto.

Era così sano che lo trattavano a pesci in faccia.
Era così malato che aveva una "sine-cura".

Era così forte che ogni suo orifizio era una feritoia.
Era così debole che non aveva neppure la forza di morire.

Aveva le braccia così lunghe che per non trascinarle doveva farci tre
[nodi.
Aveva le braccia così corte che neppure riusciva a nettarsi quel
[buco.

Aveva gli occhi così infossati che guardavano dietro.
Aveva gli occhi così sporgenti che toccavano ciò che vedevano.

Era così altezzoso che credeva di poter dare un pugno al cielo e un
[calcio alla terra.
Era così sottomesso che passava per uomo-tappeto.

Aveva piedi così lunghi che a mare gli facevano da pinne.
Aveva piedi così corti che pareva camminare sui trampoli.

il resto *(a piacere)*:

Era così p che q.
Aveva x così y che z.

oppure, secondo un'a-logica s-proposizionale:

"Se P allora Q"
o, nel simbolismo di Peano e Russel, $A \supset B$

Glosse

Anna Busetto Vicari, *La Chimera Incapricciata*

Il testo è costituito da innesti di vaneggiamenti di Albani (il leone),
Odifreddi (la capra) e Cavazzoni (il serpente), su versi fiammanti (le
vampe alitate dal mostro) di Sanguineti.
Questi i riferimenti:
Paolo Albani, *Il corteggiatore e altri racconti*, Campanotto
    editore, 2000   (1)
Ermanno Cavazzoni, *Il poema dei lunatici*, Bollati Boringhieri, 1987   (5)
Piergiorgio Odifreddi, da una lettera inedita a Gina Fustinato, 2003   (3)
Edoardo Sanguineti, "Erotopaegnia (XV)", in *Opus metricum*,
    Rusconi e Paolazzi, 1960   (2) (4) (6)

Brunella Eruli, *La chimera di* Spoon River

Il procedimento usato è simile a quello del "centone" (un "centone
misto" in questo caso), che del resto ben si colloca in un contesto
chimerico.

Domenico D'Oria, *Kimerik polito-logico*

Tutti i sostantivi del testo, nomi propri compresi, contengono una
successione ordinata di tre vocali secondo lo schema x y x.

Elena Addòmine, *Chimere shakespeariane*

Si tratta di un "mosaicismo acrostico a sonetto". Sono riportati 4 dei
28 sonetti "inediti" di Shakespeare (sonetti CLV, CLVI, CLXXXI e
CLXXXII, rispettivamente la prima e l'ultima coppia) contenenti – in
acrostico – il Sonetto X da *Il Fiore* di Dante.
È un incrocio (come si dice in genetica, un mosaicismo) tra i sonetti
di Dante e quelli di Shakespeare che produce "inediti" sonetti
shakespeariani (14 versi endecasillabici con rime: ABAB, CDCD EFEF
GG) con acrostico dantesco: insomma, una vera chimera a tre teste…

Trovato un sonetto di Dante con un numero di caratteri perfettamente divisibile per 14 (e il Sonetto X – da "Il Fiore" – ha esattamente 392 lettere, o "cromosomi"...), sono stati rielaborati i 154 sonetti di Shakespeare sulla base delle lettere del sonetto dantesco. L'opera completa contiene (ovviamente) 28 sonetti: qui sono riprodotti solo i primi e gli ultimi due.

    Dante Alighieri, *Il fiore*
    Sonetto X

        L'AMANTE

    Udendo che Ragion mi gastigava
    Perch'i' al Die d'Amor era 'nservito,
    Di ched i' era forte impalidito,
    E sol perch'io a·llui troppo pensava,

    I' le dissi: "Ragion, e' no·mi grava
    Su' mal, ch'i' ne sarò tosto guerito,
    Ché questo mio signor lo m'à gradito",
    E ch'era folle se più ne parlava;

    "Chéd i' son fermo pur di far su' grado,
    Perciò ch'e' mi promise fermamente
    Ched e' mi mettereb[b]e in alto grado

    Sed i' 'l servisse bene e lealmente":
    Per che di lei i' non pregiava un dado,
    Né su' consiglio i' non teneva a mente.

Edoardo Sanguineti, *Sonetto della Chimera*

Endecasillabi sdruccioli, con due sole rime ricorrenti, per un sonetto sulla chimera: ciascun verso è costituito da vocaboli aventi la stessa lettera iniziale tanto da formare un "poliacrostico" su 'chimera'.

Giorgio Weiss, *Percorsi per-versi d'una chimera*

L'esercizio oplepiano (stilato in ore colme di impegni elbani con l'ansia di una scadenza improcrastinabile) nasce con l'intendimento di rilevare, attraverso una composizione poetica che verso per verso espone le lettere di 'chimera', il singolare destino della mostruosa figura fantastica che, nonostante la sua crudele abitudine di far fuoco e fiamme dalle terribili fauci, non è riuscita a trovare, rispetto ad altre consimili figure, un'acconcia sistemazione nel nostro attuale linguaggio che le rendesse merito nella modernità. Come è invece avvenuto per le Sirene (v. 15), i Centauri (v. 16), la Sfinge (v, 17), l'Araba Fenice (v, 18), Medusa, Cerbero, Megera e mostri vari. Forse avrebbe meritato qualcosa di più che raffigurare semplicemente una pia illusione.

Il neretto nel testo di séguito riproposto evidenzia la *contrainte*... chimerica.

Quand'era **chiara** e viva la **memoria**
dimentichi mai s'era d'una storia
che ai nostri giorni appare misteriosa
e **chiusa** al molto intender d'ogni cosa.

Era allor **che** vivea la **meraviglia**
e gli **occhi** emergean dalla boscaglia
chiamati a una visione millenaria
composta di alambicchi e merce varia.

Basilischi, **megere**, mostri e maghi,
chilopodi giganti, làmie e draghi,
cavalli alati e **chiome** serpeggianti,
alchimïe antropomorfeggianti.

Chi era **mera** leggenda or è umano
sol la **chimera** resta un sogno vano.

C'è **chi** ancor canta per ogni **emergenza**,
chi su due ruote mena l'irruenza,
c'è **chi** primeggia nei quiz culturali,
chi muore e poi rinasce negli annali.

Chi di **Minerva** suscitò grand'ira
ora bruciacchia chi per **mare** gira,
tuttor si **chiama** cerbero un guardiano,
chi fu **Megera** ora non l'è invano.
Chi era **mera** leggenda or è umano
sol la **chimera** resta un sogno vano.

Chiaramente farà bella figura
Chi esclamerà: "è un mostro di bravura!"

Ermanno Cavazzoni, *Manghiscoli*

Si tratta di un "Centone alternato triplo", detto anche "Centone chimerico etrusco". Le citazioni da tre autori si alternano periodicamente in rima; e sono di diversa natura: prosa, versi endecasillabi, novenari o verso corto.

Giuseppe Varaldo, *Chimere*

Giocando sul fatto che la parola 'chimera' significa tanto il favoloso mostro *trimembre* ("davanti leone, di dietro drago, al mezzo capra", secondo Omero) della mitologia greca ucciso da Bellerofonte, quanto un sogno impossibile, una fantasia irrealizzabile, si immagina che ognuna di quelle tre parti corrisponda a una differente tipologia femminile largamente presente nei sogni e nelle fantasticherie maschili. Si ha così la *donna-leone*, la *donna-capra* e la *donna-drago*: anche se tali assegnazioni possono risultare arbitrarie, esse corrispondono grosso modo rispettivamente alla moglie ideale, all'amica ideale e all'amante ideale. Per ciascuna di queste creature esemplari è composta un'ottava, in modo tale che in ogni strofa il nome dell'animale di riferimento, diversamente ripartito e cesurato all'interno dei singoli versi e opportunamente evidenziato in grassetto, compaia sei volte. Le tre ottave, il cui schema metrico è ovviamente ABABABCC, hanno triplette e coppie di rime tutte diverse fra loro.
Il neretto nel testo di séguito riproposto evidenzia la *contrainte*... chimerica.

Sogno la femmina liliale, **onesta**,
il cui sguardo ceru**leo**, **neutro** e acquoso
non mostri fie**le o nembi** di tempesta,
e il cui amor lea**le o neghittoso**
non sia un acu**leo netto** che poi resta
piantato nella carne e tormentoso:
come la madre, pura più del ciclo,
del Ga**lileo nel** libro del Vangelo.

Voglio l'ami**ca pra**tica di mondo,
con dischi rari e vini doc **a pranzo**,
che ammiri Mosca, **Praga** e di Macondo
sappia che è solo il luogo di un romanzo:
la classi**ca pra**gmatica di fondo,
ma che con voce *ad hoc* **apra** al suo ganzo

l'anima e il cuore, e che con occhio fino
riconosca **Prassitele** o il Guercino.

Bramo te, la più *sexy* fra le etere,
che ignori il *fiscal-drag* o gli *hezbollah*,
ma non della mandragola il potere:
Fedra golosa d'orge e voluttà,
bella **puledra** gonfia di piacere
e traboccante di sensualità.
Chi nuda ti godrà, **Godyva** mia,
o ti vedrà goder, beato sia!

Maria Sebregondi,
Tradurre, una chimera? PER-QUE-NEAU!

Il sonetto è dedicato alla traduzione dei *Cent mille milliards de poèmes* di Raymond Queneau e celebra fasti e nefasti dell'avventura traduttoria di M.S. nel confrontarsi con la celebre opera queniana e nell'interpretarla chimericamente.

È il primo di dieci sonetti sul tema della traduzione e della sua natura d'illustre chimera e, dunque, solo uno dei centomila miliardi di sonetti possibili (un CD potrà accompagnare nell'impresa combinatoria). I dieci sonetti presentano la stessa struttura metrica (ABAB ABAB CDE EDC) e le stesse consonanze/assonanze della suddetta traduzione (sulla cui combinatoria ci si potrà ugualmente esercitare, grazie ai magnifici prodigi dell'informatica).

Paolo Albani, *Mi illudo*

Il testo preso a modello per scrivere queste poche "illusioni", cui ognuno può aggiungere le proprie, è naturalmente *Je me souviens. Les choses communes I* (1978) di Georges Perec, a sua volta ispiratosi a *I remember* (1970) dell'artista americano Joe Brainard.

Raffaele Aragona, *Chimere napoletane*

Le "chimere napoletane" prendono spunto dal procedimento delle *Chimères* ideato da François Le Lionnais (*La littérature potentielle*, Gallimard, 1973, pagg. 177-180). Nato nella mitologia, ripreso dalla biologia moderna, il principio delle chimere viene così trasferito nelle strutture letterarie.

Gli esempi riportati sono il risultato dell'applicazione dello stesso procedimento di Le Lionnais, ma ampliato e opportunamente modificato attraverso un "ammorbidimento" della *contrainte*, ma con una conseguente miglior resa in termini di leggibilità.

– Sia dato il *testo-base S*: lo si "sventra", privandolo dei suoi sostantivi, dei suoi aggettivi e dei suoi verbi, sostituendo tuttavia ogni sostantivo, aggettivo e verbo con un segno. Si dirà allora che il testo è *preparato*.

– Siano ora *A, C, O* tre *testi-bersaglio*: si estraggono i sostantivi di A (S_A), gli aggettivi di C (A_C) e i verbi di O (V_O).

– Riprendendo il *testo S_p preparato*, si sostituiscono i sostantivi soppressi con i sostantivi di A (S_A), non necessariamente nell'ordine nel quale sono stati estratti; analogamente si procede per gli aggettivi di C (A_C) e per i verbi di O (V_O). Il testo risultante, S [S_A A_C V_O], opportunamente e lievemente corretto, costituisce il *testo-accomodato* di arrivo.

– Nella stessa maniera si opera per tutte le altre possibili combinazioni, ottenendo altri nuovi testi così sinteticamente caratterizzati:

S [S_A A_O V_C], S [S_C A_A V_O], S [S_C A_O V_A], S [S_O A_A V_C], S [S_O A_C V_A].

L'applicazione riportata fa uso dei testi de *La Chimera* di Anna Busetto Vicari (qui, a pag. 7): *S* di Sanguineti, *A* di Albani, *C* di Cavazzoni, *O* di Odifreddi.

Sal Kierkia, *I così così*

Accanto alle figurazioni chimeriche dei poemi epici con grifoni, ippogrifi e liocorni si pongono, nella letteratura eroicomica, personaggi che, nell'apparenza mostruosa, risultano solo ridicoli. Si pensi a un confronto tra Ariosto e Pulci, se non pure ai Gargantua e Pantagruel di Rabelais.